LIVE LIKE

像风一样活

THE WIND

虹影 著
HONG YING

四川文艺出版社

图书在版编目（CIP）数据

像风一样活 /（英）虹影著 . -- 成都：四川文艺出版社，2022.9
ISBN 978-7-5411-6340-1

Ⅰ. ①像… Ⅱ. ①虹… Ⅲ. ①诗集－英国－现代 Ⅳ. ① I561.25

中国版本图书馆 CIP 数据核字（2022）第 069761 号

XIANG FENG YI YANG HUO
像风一样活
［英］虹影 著

出 品 人	张庆宁
责任编辑	周 轶
图片摄影/绘画	虹 影
责任校对	段 敏
责任印制	崔 娜

出版发行	四川文艺出版社（成都市锦江区三色路 238 号）
网 址	www.scwys.com
电 话	028-86361802（发行部） 028-86361781（编辑部）
邮购地址	成都市锦江区三色路 238 号四川文艺出版社邮购部 610023
排 版	四川胜翔数码印务设计有限公司
印 刷	成都东江印务有限公司
成品尺寸	140mm×203mm　开 本　32 开
印 张	5　字 数　100 千
版 次	2022 年 9 月第一版　印 次　2022 年 9 月第一次印刷
书 号	ISBN 978-7-5411-6340-1
定 价	48.00 元

版权所有·侵权必究。如有质量问题，请与出版社联系更换。028-86361795

献给瑟珀
山水阻隔,此心彼心相守

这一年你13岁，远处是海，近处是我。

"诗歌是我的灵魂"：
虹影关于诗歌的十一个问题的回答

◎沈 睿

　　虹影信任我，要我给她这本2020年的诗集写些文字。我忐忑不安，我不是常读汉语诗歌的人，原因很简单：我读不懂很多汉语诗歌，所以谈论虹影的诗歌，对我是个挑战。因为第一，我无法把她的诗歌放在一个大的背景下来讨论；第二，阅读她的诗歌，我有时候不知道她在说什么。

　　虽说是寒假，我还是有很多乱七八糟的事情要做，直到做完学校的事情，我才开始认真地看她的诗歌。阅读虹影的诗歌，让我意识到诗歌美学对诗人的影响，要理解一个诗人的诗歌，首先要理解一个诗人对诗歌的理解，一旦你知道诗人对诗歌的理解——这种理解既抽象又具体，你就有了理解其诗歌的路径，你就可以进入诗人的诗歌花园，看懂诗人写了什么。于是我就写下十一个关于诗歌的问题问她。

　　虹影几易其稿。与其我谈论她的诗歌，不如让她自己给我们指出怎样阅读她的诗歌，她阐述她的诗歌，让读不懂的读者也能走进她的灵魂里——虹影说，她的诗歌是她的灵魂的表达。

以这个问答作序,既帮助读者阅读,也展现虹影的诗歌美学,一举两得。以下是我们的问答,我问,她答。

你是从什么时候开始写诗的?到现在为止,你出了几本诗集?

我从小学五年级开始写,从1988年第一本诗集出版至今,我一共出了七本诗集:《天堂鸟》(1988年)、《伦敦·危险的幽会》(1993年)、《白色海岸》(1998年)、《快跑,月食》(1999年)、《鱼教会鱼歌唱》(2001年)、《沉静的老虎》(2008年)和《我也叫萨朗波》(2014年),其中两本诗集在中国台湾出版,有部分诗重合。

重庆长江南岸半山坡六号院子的堂屋,深夜有蝙蝠飞舞,姐姐哥哥下乡当知青,小小姑娘的我一个人在阁楼,无望地听着四周的声音,渐渐有了倾诉的欲望,开始自言自语,那就是诗。

你觉得你三十多年的诗歌写作有什么变化?请举例。

十八岁前,写诗,我喜欢抒情,那时欢悦和绝望,直接抒写;三十岁时,写诗,我知道控制,写光时,我写折光的人,通过观察凝视他者反观自我,如:

他成了黑暗的一部分,他死时的笑声

刺中我

我成了他的一部分

星月也害怕

《重庆贫民窟》

三十岁之后到现在，我将控制转化为倾听和静默，思考人为何会失去：生命、物质和尊严。我重回出发之地，我的来处，出生之地，我的根，记录黑夜的血和动荡的白日、那些被扼杀被驱赶的弱者的声音、女性的声音，将时间和空间分割，重新组合，我是她们，她们是我，让悲剧唱出歌来。

你怎么看你的诗歌写作与小说写作的关系？

我左手写诗，右手写小说，诗是我的灵魂，小说是我的血肉。这二者的关系，如同我的两只眼睛，眼睛看见它们能看见的。

我写小说是为了生存，可以养活自己及家人；写诗只是为了艺术，让我找到平衡。

可要真正区分这两者，并无界限：我写，因为回忆；我写，因为逝水年华中有无尽的忏悔。现实世界比文字世界更残酷，更小说更具象，我必须记录和呈现。

你怎么写诗或是什么激发你写诗？

比如我的思想进入一个窄地，我只有死，渴望结束生命时，我身体里出现另一个生命的声音，当我的绝望到达了顶点时，我写诗。

有时我恨我自己，将感性与理性颠倒，感官世界、幻觉主宰我，我反抗，我不服从这世界和他世界强行直入我的思想和身体，拒绝被奴役，这时我写诗。我通常在一个窄小的空间写诗，也对流动性的空间不排斥，比如在船上、在火车上、在飞机上，我写诗。空间的隔离，让我专心思考，尤其置身于一个暗黑的陌生小房间，我写诗。

请描述你写一首诗的过程，比如《山城重庆》这首诗，你用了什么技巧在这首诗里表达你的思想？

先说说这首诗的写作背景，2020年2月我的中国签证到期，又延签不到，只能回到伦敦。因为COVID-19，伦敦开始隔离，只能去附近的公园走路，那儿有一条运河，之前我不能面对的创伤每天在敲击我。有一天，我登上公园最高处，看远处的圣保罗大教堂、伦敦眼、BT高塔，阳光下泛着光的泰晤士河水，清朗的天空，一朵朵云，蓝得透亮，像意大利的天空！我从未发现它是这么美！

长江边那座山城，印象中被雾气遮挡，江边看尸体的人奔跑的脚步声，远远移来，好多沉在心底诡异的人和事浮现，有的真实，有的属于我小说里的人物。近距离打量他们，我写了这首诗，运用非线性，讲不同地点，甚至不同国籍的人，在每个具体的时间，各自的命运，用江上船行驶的意象将他们联结在一起。那是一种可以和原乡背离的存在，理想坠落，文明仍在生长，爱情失去，记忆在心里还会活下来，起码可以在我的诗里。

什么是好诗？一首好诗的特点是什么？请举例。

好诗，诗句的形式与所表达的思想情感吻合，读者可进入一种新的理解状态，思维敏捷，或激动，或不安，或悲伤。好诗，是一场风暴，如魔法，席卷你，给你自由，让你的灵魂飞起来。

好诗，具有独特的美感，如同艳遇，一旦钟情，便终生相依。好诗，不说废话，清晰简洁，刀光一闪掠过，生命灿烂绽开。好诗，让你幻想，启迪你，有张力，有先锋性实验性，读了，可以改变你的一天，甚至一生。好诗，读出声来，自带乐感，自带节奏，自成韵律，哪怕是不懂这种语言的人，也能感受到它在诉说什么！莎士比亚的《哈姆雷特》中那句"To be, or not to be: that is the question（生存还是毁灭，这是个问题）"，哪怕不懂别人朗读的语言，只听声，你都会感到哈姆雷特内心的焦虑。

诗人庞德的诗学主张:"一生只呈现一个意象,胜于写出无数作品。"他认为诗的语言必须是一种优美的语言,一定不能有书卷气的词,意义解释或倒装,一定要像莫泊桑最好的散文那样简练,像司汤达最好的散文那样硬朗。文字中不能有突然的感叹。没有一个飞起来又毫无着落的词。纵然不可能每一次都到达完美,这必须是一个人的意图。它不能仅仅是漫不经心的信笔所至,对词语和感觉没有丝毫影响和掌握,一种机械的平平仄仄是不行的。庞德的诗有名的难懂,也难译,可你听他的朗读,你便能听到他的思想。

好诗,自成一种观念,自成一幅图像,读者可身在其中,看见别样的风景。

像艾米莉·狄金森的诗:

我从未看过荒原
我从未看过海洋
可我知道石楠的容貌
和狂涛巨浪。

我从未与上帝交谈
也不曾拜访过天堂

可我好像已通过检查

一定会到那个地方。

我第一次读到这样的诗,在一个朋友家的一本杂志上,当时的我,正走在一个死胡同里,写出的文字不能发表,生存艰难,熟识的朋友劝我南下另谋前程。读这样的诗,我的心震动:一个穿白衣的女士,走在荒野上,风吹着她额前的头发,她对我侃侃而谈信仰,谈一个人自身的局限和灵魂的庞大。我一下子找到方向,用文字表达自我,我不能放弃。

也因为如此,她的画像一直挂在我北京家的厨房墙上,以她为型,如影相随。

"不必心急,一首伟大的诗可以忍耐五百年不被阅读和理解。"瓦尔特·本雅明如此说。

《圣经·诗篇》,篇篇是福音,能唱能咏:"我们曾坐在巴比伦的河边,一想起锡安,就哭了。""你使我的年日窄如手掌;我一生的年数,在你面前如同无有。各人最稳妥的时候,真是全然虚幻。"优美动人,充满隐喻和典故,从小时偷听收音机开始,它便是我的诗歌取之不竭的营养之地,为我流寓在外的床前读物。

中国当代诗歌的写作进入一种前所未有的新时代,不是如何写,而是能不能写。一个诗人,他想什么,能写什么?完美的祈求，在不断的坠落中或许可以看到凤凰真正的美丽。

什么是破诗？一首破诗的特点是什么？请举例。

破诗，形式精心策划，内容平庸或笨拙，读者无动于衷。破诗就是烂白菜，酸到滥情，陈腐之词，拖泥带水。乾隆写诗四万多首，他活了八十九岁，平均一天一首，写忧民孝道圣德，一个目的，彰显他天子的光辉形象，他的诗难挑出好诗。

民国诗人徐志摩的诗酸的多，戴望舒、吴兴华的诗则恰好。汪国真的情诗酸中带甜，而余秀华的情诗则正好。李清照写了好诗，"至今思项羽，不肯过江东"。这气势，谁人不服？但她的词都是小女子的"寻寻觅觅，冷冷清清，凄凄惨惨戚戚""才下眉头，却上心头"，为赋新词强作愁。像《临江仙·庭院深深深几许》，开始"庭院深深深几许？云窗雾阁常扃"好，而"感月吟风多少事，如今老去无成。谁怜憔悴更凋零。试灯无意思，踏雪没心情"并不好，最后一句居然"烂尾"。

很多诗人写破诗，意象堆积，晦涩，比生僻字，意义表达不清，无新意，无自知之明。重复自己的诗，写了一辈子的诗，第一首跟最后一首实质一样，这个人是浪费自己和他人的时间。

总有人写好诗，总有人写破诗，而写破诗的人更能长期地占领舞台，这便是我们这个时代的悲剧。

你认为中国诗人谁写得好？

唐宋时出现好诗人好词人。

卞之琳的诗写得好："你站在桥上看风景，看风景的人在楼上看你。明月装饰了你的窗子，你装饰了别人的梦。"蔡其矫的爱情诗，木心、商禽、痖弦和郑愁予。

顾城有些诗我认为不错。海子的一些诗也好。后朦胧诗时代，四川出了好多诗人，而很多诗人是被高估的。

哪位西方诗人的诗歌对你有影响？

一直喜欢博尔赫斯：

> 我给你一个从未有过信仰的人的忠诚。我给你我设法保全的我自己的核心——不营字造句，不和梦交易，不被时间、欢乐和逆境触动的核心……我给你关于你生命的诠释，关于你自己的理论，你的真实而惊人的存在。

神秘而哲学，也一度影响我的短篇小说创作。

受其影响的诗人，还有庞德、阿赫玛托娃、茨维塔耶娃，后者自杀，也喜欢叶芝、保罗·策兰、罗伯特·勃莱、特德·休斯。有一次穿越欧洲一个有名的海峡，当时有诗人问我这个问题，我说出这些诗人。当他听说保罗·策兰的名字后，当即说，你也配说他的名字？我问，为什么？他说我喜欢他。你喜欢他，就不允许别人喜欢，这是文字欺压！一如策兰的诗："我听见斧头开花"。这让我记得策兰诗的存在，他是沉默和黑暗中的王。

你看评论者对你的评论吗？评论对你的写作有用吗？

我看评论，有的说得好，说到我自己都没有想过的问题，貌似对我写作有用。有的说得不好，貌似对我写作也有用。或拔高或贬低，都是背离写作者的写作意图，在我写作时，任何评论对我都没用。

美国知识分子苏姗·桑塔格是我的一面镜子，评论也是镜子，我青春年少，我容颜凋零，我山水迢迢，我斗志昂扬，我抑郁痛苦，我重回过去，我击毁镜子，众生看我，我看众生。

你每天都做什么？你怎么过日常的生活？

我每天上午写作，中午做家务，下午出外购食物，晚上看电影或读书。我的日常生活是主妇的生活：负责一日三餐，布置房间，打扫屋子，清理垃圾，洗衣烫衣补衣，修理家具、马桶和换灯泡。我有时在想，如果给我更多的时间写作，也许，会写得更多，但是我热爱我的家人，我愿意做这些工作。我睡觉很少。

2020年12月29日

目录

第一部分

年幼无知 …… 003
岛屿与岛屿 …… 005
武汉珞珈山 …… 007
亲爱的百合花 …… 008
我的名字叫虹 …… 009
父亲远航 …… 011
水在重复我的回答 …… 013
1980年某一天 …… 016
三十年爱情 …… 018
1991年的伦敦桥 …… 020
2000年北京 …… 021
有红灯笼的那条街上 …… 024
2020年3月20日 …… 026

028 …… 四　月
030 …… 美丽的缅甸绿
031 …… 蓝色赋格
034 …… 影子的时代
035 …… 山城重庆
039 …… 玫瑰的中心
041 …… 青春年少
042 …… 钟声悠扬
043 …… 猫在前方
046 …… 与真相并行的轨道
047 …… 神秘的罗宾先生
049 …… 天才画家
051 …… 石头里的春天
052 …… 关于母亲的梦
054 …… 双层公共汽车
057 …… 六指姑娘
058 …… 兰巴斯
059 …… 困　兽
060 …… 我们的青春
063 …… 摄政公园
064 …… 一幢红砖房
066 …… 沉寂的声音

松　阳 …… 068
柏　林 …… 069
知更鸟 …… 070

第二部分

运　河 …… 073
黑　猫 …… 075
风景的中心 …… 076
东线西线 …… 078
杀　手 …… 079
桥梁与河流 …… 080
碎　冰 …… 082
猫对鱼说 …… 084
信　仰 …… 085
风可以捉住 …… 088
这年在伦敦 …… 091
圣约翰林公园街 …… 093
徘徊泰晤士河 …… 096
结　果 …… 098

也算后记：这一年 …… 101

第一部分

Part Ⅰ

年幼无知

这是结构?真切的爱情
昨晚天空坠下两只鸟
一只雌,一只雄,我狂命追击
绵长的江岸,只有你
用一块布封住脸
用一个字挡着一座城

这是结构?侧视死亡
告别幻想,我渡江离去
肉体碰撞石头
狂暴如虎
江里是鸟在悲鸣
天上是鱼在交合
清晨是黄昏,黑夜
连着黑夜,我想拥抱你
但只有自己的双臂

2020年2月5日

从黑暗里感受你，分分秒秒是你的声音。

岛屿与岛屿

地平线折叠人字
从人字叠出很多刀锋
刀锋组成城墙
连绵不断的时间随风燃烧
原来,时间比纸还易摧毁

海水比我的身体高一寸
鱼在海水之上航行
亲爱的,不必恐惧
虽然整个宇宙是一把锁
但我看见你自由地向我转身

空气弥漫在空气之中
暴烈的红色压着新鲜的黑,浸出妖艳的黄
你和我坐在窗台钓鱼
像钓孩子纯洁的嘴唇
你我手一松,放了它们

2020年2月5日

我不止一次经过这儿，同时坠落，坠落到深处。

武汉珞珈山

如果再见
我不再是从前那个人
你在该出现的时间出现
对我说,你爱的是我
你在该消失的时间消失
带走山上所有的樱花
整个过程,美不可言

如果相见
我们只能隔着城墙说说话
你在伦敦贝克街走着,吸了一根烟
我在这世界看见你
心里知道,我爱的是我自己
这年山上的樱花即将盛开
因为你的离开,它们永远留在树上

2020年2月5日

亲爱的百合花

声音很轻,开门关门
我不在外面
也不在里面

我的影子倒下,拥抱你的影子
在黑暗中成为偷生之人
事实上,只要向他说出你的名字
就可再活
可我偏不。整个站台的人都戴着面具
向我逼近
他们喊,永恒就要来临

2020年2月6日

我的名字叫虹

记住一条河两侧重叠的脸
他们在此岸,看不到彼岸
他们用沉默消磨旧仇新恨,把沉船
打捞后晒干
削成尖器,对付河岸上蓝色的火焰

告诉你,那一年,母亲到了彼岸
我一次也没哭
也从未梦过她
而这一年,我没有机会站在河岸
凝视河水
那儿不会有她的身影
这一年,亲人与亲人分离
皆是意外
春天开满花朵
在我的手掌上聚集,一朵便是一条命,
他们用花浸染了我

我恢复了虹的名字

开始打捞美丽的脸

河流是河流,船舶是船舶

被轻轻塞入镜子之中

他们全是陌生人,朝我转过身来,微笑

  2020年2月6日

父亲远航

江对岸添了一层红
是父亲留下鱼翅的气息
那色泽盖在我的手掌
他说,我远航,等我回来

那时我三岁
现在我的孩子也过了三岁
父亲没有回来

有一个清晨我梦见父亲
在江上奔跑
我的母亲在后面追击
我害怕地跟在他们身后
江面如镜
那天我十八岁

是生日,在茶馆
另一个父亲从天而降
天色如茶碗盖

灰扑扑,沾了水气

我不能相认

登上城市最高点

看江上所有的船,从下游返回

残缺不堪的风,一寸寸吹来

吹掉我们眼角的泪

这时,我的手掌

鱼翅的红消失殆尽

　　　　　　2020年2月23日

水在重复我的回答

风,还是风,沿着我的足迹返回
和水一起,惊醒我
用黑夜固定我的痛
这世界陷落之前,一半闪着光
因为有你

这世界陷落之前,另一半在记忆里
你的脸
紧张出汗:
没你,我怎能活
这世界陷落,最美之时
我们遮着嘴
遮掩伤痛
拼命将身体里的石头抖落

2020年2月23日

日落时我出现，整个伦敦和一行字雕刻在天空之上。

幻想赋格真实成为虚拟，我知道，我们生长着。

1980年某一天

我承认,1980年有一天我在医院
柔弱如蓝蚁
壁虎爬上我的腿
提醒我,让你活?

牛奶白如贞洁
围墙复杂如政治
道路扭曲深入星空
你呼唤我,让我活?

背景重叠背影
一只手顺着脖颈往下移
对正在做手术的大夫
大声叫,停止

没用。医院种满带毒的水仙
黄色的梦境
遗下一点儿气息和灰烬
融合你

如一把灰烬

不被人察觉

你被花朵吞没,如同吞没悲伤

2020年2月23日

三十年爱情

开始碰你,再碰你
碰倒你,变成石头
如果不碰你,只碰这世界呢?
那就变成你或你变成我?

星星们长得完全不一样
跟随你和我,突然一样高?
我充满味道的手
如果藏在床下,或藏在刀背后
它必是被打上了诅咒的记号

2020年2月23日

结束才是爱情，成为你的眼睛，回忆我们开始活着。

1991年的伦敦桥

墙突然裂开

人脸渐渐变黄生斑

春天占领一张地图

停在王的额前

新的黑夜开始,一条街又一条街

你吃豆子,吃花朵

你吃老虎,吃新鲜的空气

最后把自己吃掉

我不再是婴儿,缓缓睁开眼睛

你在这儿,看着我

微笑:我死你才会出生

2020年2月28日

2000年北京

诺言旧了才真实
梦想的缝衣针,试图穿透我的骨头
将泪水剔出
爱情多了,成了累赘
身上的羽毛飞散
才可看清你我是否在同一方向上

今天我在北京
除了北京,我什么都没有
与豹对视
它的头顶立刻长出一只蘑菇

2020年2月28日

每天都从这儿看山城,山城是一种盟约。

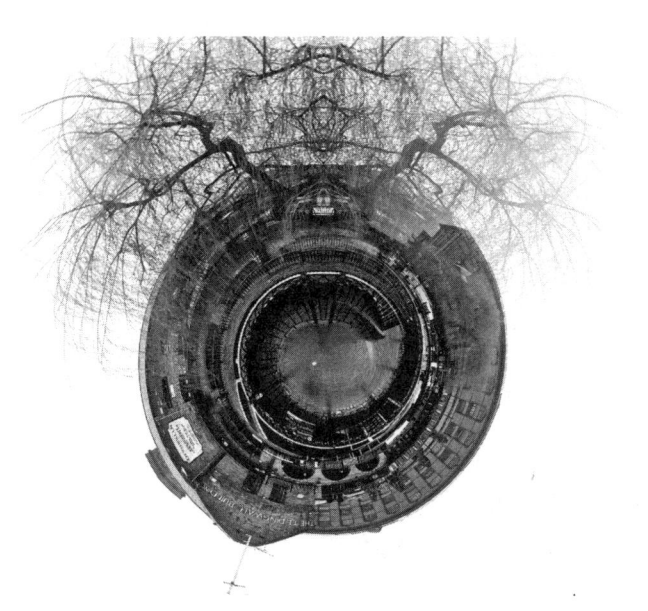

这些黑边，带着警世的声响，我在，我永不放弃。

有红灯笼的那条街上

夜晚翻开大小不一的红灯笼,都有个钩
固定月亮
一个女人在欢叫
掘土机每天在挖,每天在挖
你要解放我
首先解放你自己
你要我忠诚
首先你得忠诚
你要我站在中间地带
那么你要准备好被射击
你不要我做一台机器
那么你肯定得远离阴谋

2020年3月6日

注视，整理你的头发；低首晾衣，做一个女人，这双手却一直在妄想。

2020年3月20日

盛开的水仙花
顿时虚构帕丁顿火车站
镀上一层灿烂的黄,水仙摇动我的身体
像1991年这天,我钻入伦敦这个大麻袋
使劲呼吸居住地花园的气味
那个男人,终成一个背景
那时你没有出生

两个小时差两分
12岁的小小姑娘
火车到终点,你没有走下站台

你被送入另一趟火车
临近海边,在时间之外
突然泪流满面
你看见母亲在重庆,那个长江边的贫民窟
正望着江上的轮船
双手划十

那祈祷被启动,紧推开时间之门
火车穿越虚构之界
呼啸而来
一双熟悉的脚踩在站台上
脆脆的声音说:你的小小姑娘来了

    2020年3月27日

四 月

他说，你体质敏感，头会痛
会咳嗽，严重时会卧床
看窗外的云
看那云会带着
身体飞起来，很轻
与云比轻薄
二十年后
也可三十年前
风雨交加，坠落
即便在双层公共汽车
有着叛逆的意志
就是和死神同步

一个陌生人的声音插入：
我是你爱的他
时间剪了一道光
打在见面地点
他脸上堆着阴沉的皱纹
喃喃低语：

我心窄如门
却日夜浮现你赤裸的身体

可是,结局早早定下
当年的双层公共汽车突然降临
里面都是动物,他们通通看着前面

    2020年3月29日

美丽的缅甸绿

你是冷艳的琴键师
想停止我出生时的尖叫
你短发,跨入窄道
低垂着脸和双手
你想拉另一个我进入
在日出前的黑暗之中
有枚金币闪着光
消磨着我的思想
你说这不仅仅是一枚金币
吞下它,你便重获自由

我分开了两个我
我的父亲和母亲还有那个男人
站在三个方向
我的自由在三个方向
交叉的位置出现美丽的缅甸绿

2020年4月5日

蓝色赋格

蓝色赋格我
上下左右全是线条,触及整条街每幢房子
鸽子停栖在阳台上
观看我们共度今夜

蓝色赋格我
睡眠从大海中升起
连绵几千里
闪耀着你枯萎的名字
我必带它,时时以自己的生命
灌溉它,追忆失去它的人

2020年4月5日

灰色的卷心菜也能歌唱，你跌倒，你爬起。

因为有雪，爱会静止。花蕾的痛苦，在于自由的不可限。

影子的时代

我是瓶子,里面装着纯洁的尺子
还有一片刚出生的嫩叶
最美的几丝头发
融入你低沉的声音:
爱我,在瓶底攀岩
击毁我,用曾经的诺言
解开捆绑思想的绳子和久违的歌
战栗,又一次战栗
沿着瓶口上升
石头开花
时间如利刃
我这个盲人
站在自己的肩上,睁开了双眼

      2020年4月5日

山城重庆

1937年,有点太旧
你乘一艘船顺江而上
你没有到达这儿
那时我还未出生
山城重庆,一江春水向东流

1943年,还是有点旧
你的父母在桂林读着一张报纸:整个国家
战火纷飞,你是一个孩子
你我不相识
相识有什么用,山城重庆的山水
不沾染桂林的云和风

1953年,还是有点旧
一件邦德街名裁缝的大衣
穿在一个英国女子的身上
边上一个中国保姆怀里的你在看海
整个香港蒙了一层雾
英国女子生了十三个孩子,只活了你和弟弟

海水里有只大船，往江里驶来

1962年，仍有点旧
山城江边破烂的吊脚楼，一个女孩
昼夜不停地哭叫
与江水的呼吸融合
母亲抱女孩看江上，有艘大船
从下游驶来，你在船里
女孩偏过脸来，注视我

1980年，还是旧如往昔
父亲不再是父亲
母亲也变了面目
石阶重叠石阶
你把女孩压倒在山上
你给她吻，你给她爱
石阶变成长长的楼梯
你在走，走入江中
一个人只有十八岁
一个人只有一次青春

2020年，一点也不旧
每座城是孤独的迷宫，我坐在书桌前
鼠疫或是霍乱时期的爱情？

用一个人抹去另一个人的存在
或是记起他，尤其是他的善良和正义
山城重庆，一江春水静静向东流

2020年4月6日

我爱你，所以我燃烧。

玫瑰的中心

把我献给你
因为你盛开如初
在深渊之上,在灰烬的中心

我翻墙越过
想远离愤怒的源头
我同意成为一个沉默者
让芳香浪费在空气里
任阴影吞没一个个城市
滋养锋利的荆棘
编成我们头顶的桂冠

真理是一把刀,切开中间地带
我呼吸,穿过一面起皱纹的镜子
凝视江水向上汹涌,漫过我
托着我向上
我一点也不惧怕再次坠落

2020年4月6日

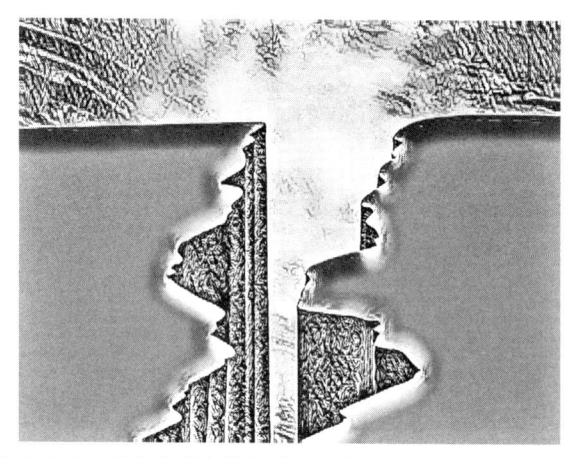

瑟珀的画，那个清晨我举起镜头，想要融合这裂开的世界。

青春年少

我控制,我控制

我无力,我无力

我失去,我失去

双手伸出

头昂起

太阳转过来

你转过来,转过来

这世界即便

只剩下一颗残缺的草莓

我也要递给你,我开放,瞬间化为尘土

2020年4月6日

钟声悠扬

午夜一刻,门前蝙蝠从
甬道掠过,它们张开翅膀
唱起久违的歌:
大雨将至,你我的恩怨到头

你要我的舌头你要我流泪,
你还要我的停留
背靠爱情,悄悄上石梯
隐藏一个秘密

在江那边转动双眼,这个春天,
夜夜皆有死亡的脚步
我专注地倾听蝙蝠的歌声:
大雨将至,大雨将至,你我的恩怨到头

2020年4月11日

猫在前方

我不是一条鱼
是鱼被剪掉的翅
你伸出手
我侧过身,水太咸

所有的精子猎击卵
百分之九十的卵会在庞大的世界之中
阻碍抒情
如同玻璃碰着了木头

黑暗的黑暗,从心脏到心脏
在丛林后的丛林,钻石分割钻石
我分割出另一个我来
像旋律中的旋律,从袖子里
掉出身体的碎片,直线上升
这一切都不是你的错

    2020年4月11日

伦敦以我不察觉的转身，让我惊颤，那芳香也属于你。

无帽人，今天是黑夜，明天是雨露，如同你对我。

与真相并行的轨道

有一种花盛开便死亡
在经验之外,冲上直觉的高度
你躲在暗处观看
有一种人天性绝望,一直扩展绝望的宽度
在夜半时会引起你的痛苦
而观看两列火车相对驶过
就失去了意义

有一种人从来小心翼翼
从抽象到具象,说的都是黑夜后的事
与你满头白发无关
和你的小肚鸡肠背道而驰
一年已过,而这种人仍少年

我站在路口,与路口对峙
你沉默,无声地淹没我
我亡,我一路开花一路结果

2020年4月11日

神秘的罗宾先生

去年的昨天他在屋子里
身上插满针头
研究地图和火车时刻表
去年的昨天他打开门
外面暗黑
三道阴影出现
他摸着门,对其中一道阴影说
你把楼梯间那盏灯灭了
阴影照办。好多声音响起
他挥挥手,阴影们离开
突然他扔掉拐杖
昂首挺胸,在门廊前走来走去
他嘴含一只鸟
只一闪
人与鸟便通通不见

2020年4月14日

我守卫一种庄严,我守卫一种轻盈,我也守卫一种青春。

天才画家

我们天天躲在一间小屋子里
只有一张床一个桌子
晨光熹微含雾
夜幕张扬如翼
一辆又一辆救护车
从窗外经过，雨水变大
我们苟活，用线条和颜料构建
新的房间新的街道新的母女

画纸裂开，滚出一个新鲜的人来
她手握长笛吹奏，变出一把枪来
射击软弱者
天才的画家只吃泪珠
交出童年，一天就把
意大利的星辰摘到头顶
放在清冷的街上
向日葵，全是金光灿烂的向日葵

2020年4月16日

在这一年我相遇很多美，尤其是玫瑰，它教会我离开恨。

石头里的春天

十三人，饥饿难忍
只能看星星
串了十里长，又十里长
燃烧的船，数也数不清
浩浩荡荡
其中一艘船直线掉了下来
我们当食物吃掉
留下桨，留下桨
我们需要划出这个世界

2020年4月16日

关于母亲的梦

你教我横着睡觉
可横过长江
你教我张嘴说话
可用词语填满身体里的洞
你说
孤独的玫瑰已开
今年的蓝靛布已占用了一条江的水
不过江尽头
鲸狂飞在天空
明年的日出已经出发
融合十八岁时的心跳
孩子,我已在返回的路上

2020年4月17日

你是我永恒的星辰,你就是生命本身。

双层公共汽车

将窗打开，露出
冰冷的蓝雾
空气凝结泪珠
你来到终点
拿出一张纸
折出一条死神前来的街
东拐西拐，加些暗洞
掉下他
陷害他，再用纸折出
一朵芬芳妖嫩红的花
爬过未来的窗，迷惑他
挑战他，鄙弃他
让他愤怒
搜不到要离去的人

双层公共汽车，速度像火
在排斥车外的蓝和泪珠
他盯着，目光企图烧毁这纸街

记忆飞速前进,奔出魂魄

留下一场寂寞的婚礼

和垂死的新娘和新郎

2020年4月17日

家在八千里云和雨之外。

六指姑娘

风沙是十三年前的风沙
我在医院听到尖叫
六指,你是六指
生命的边缘
两根线系掉多余的
暴雨,雷声

黄金,黄金
我一贫如洗
如何消解你博大的精神
你燃烧的嘴唇把罪恶
驱赶

2020年4月17日

兰巴斯
——给KD

兰巴斯并非一个地点
一只蜥蜴停留在此四十二天
它的身体组合隔离的词
摆弄一条孤寂的鱼
设计一块新鲜牛排

把未来漆黑的雕像腾空在公园上端
解放奴隶，1807年的教堂
突然发出光
振动着海上划破波浪的船

那波浪传到今天　你已经出生
你手指转动未来的轻与重
调整正义与邪恶对抗的韵律
兰巴斯，深夜的鹰
向我述说结束即是开始

2020年4月18日

困　兽

一层高过一层的狂风
想圈住绝美的云朵
未曾留有缝隙
年少时你我长久独占风景
成为风景中的风景
如今同在伦敦之北
老死不往来

我拔心上的刺
爱你如初
在身体刻字：困我如旧

2020年4月22日

我们的青春

那些年在伦敦
有非常凶猛的荷尔蒙,却没有爱情
走过泰晤士河,河面丝毫没有涟漪

那时你和我各自成狱
童年固定着父亲的形象
电话线两端孤独的魂
听着彼此的呼吸
那么脆弱,常常哭泣
呼啸的北风一下吹断面前的树

我在伦敦写书
每天十几个小时
除此之外,我怎么生存下去
成为一个卖花姑娘或是出卖性的舞娘
我经常走到庞大的公园里大声吼叫
为了让你听到

帕丁顿火车站似乎是一个开始

整个伦敦生活结束
那列神秘的火车
一直行驶在我的脑海里
你的手指,他的舌头
变成了什么?我喜欢的人越来越少
而你一直在心里
像日出,像妖艳的牡丹花
我不知,你也不知
我们的青春一晃便不见了
我猛地回头,淡然的目光
回回都在背叛的毒汁里浸湿

那些年在伦敦
我只注视你,忘记伦敦
从未曾想,这一年在此
如此缓慢地伸出手,一点又一点收集那些印痕
小心地显现,看见
伦敦的路,又一次将我爱的人带走

2020年4月25日

最上端，最上端是女王，彻夜孤寂。

摄政公园

玛丽，玛丽你在哪？
我生命中多少次与那只凶兽
逆行，擦肩而过
站在运河上
我喊你的名字
玫瑰随着我的呼唤
遍地凋零

玛丽，玛丽你在哪？
我在水中捞
捞不起那些身体
风随着我的悲伤
一遍遍吹动最迷人的音乐
亲爱的，你别动

2020年4月27日

一幢红砖房

在运河之上,两个寂寞的灵魂
站立窗前。有面屏风,还有件丝绣红袍
还有一个阳台,大玻璃窗
阳光充足,你抽烟
人影模糊
运河尽头
有艘蓝船缓缓驶出
回荡着一首似曾相识的忧郁之歌

我拒绝听
去街上找一位黑皮肤的人配钥匙
那把可以打开你心的钥匙

蓝船跟上我,行驶在陆地
歌词变了:
我的母亲是一所学校
让我笑,让我哭
你的母亲是一个医院
你背弃,你忠诚

所有的再见是因为她

现在的我,二十一年后
走在运河边,只有一片轻薄的雾
也许1999年,是个分界线
让我终生与爱情背道而驰?

那天,彷徨无措的我一条条街穿越
没有黑皮肤的人
毛毛细雨降落
钻入我嘴里,原来它比盐更咸
比刀子更锋利,我配不了那钥匙
打不开你的心
我们从此如同一枚硬币的两面
朝着不同的日出日落

    2020年4月30日

沉寂的声音
——给JW

温良之虎,凶猛之豹
在夜色中微微睁开双眼
寒冷的风
低声细语,山在另一边
墙砌入心,你看见了那不该看见的

还能忍受或是不能
孤独的火
离开小小的你,蜷缩在床角
盯着她,城中最顶端的字母
愤怒地移动,组合一个危险的词
刺痛一个不屈的灵魂
寂静之声,如开始之夜

2020年5月7日

我听见你们的叫喊，整个夏天。

松　阳

你的存在，就是一个景象
穿过二月
晨曦吐气
带着庞大的北京而来
我们隔着栏杆，仿佛隔世

我不说，你也不说
我们倾听，寂静之中
风朝哪一个方向刮
会不会是一个我们都不知的地方
一直向前，去丈量疼痛的深度

一个十三岁的姑娘走过马路
我记得她的模样：
穿着一件学校绿色短裙
和一双黑色系带皮鞋
我不折叠她，因为她逆向
面对那不可知的方向

2020年5月8日

柏 林
——给GL

在这儿我总迷路,朝左
朝右,朝前
朝后,都没有自己
我站在路中央
想蹲下来
我必须等,等那颗星星
从天上落下来
在我心里扎根

我必须等星星发芽
等它们绚丽的花朵填满我的身体
我朝左,我朝右
我朝前,又朝后
迷糊之中,看见所有的路都通向一个点
没有你的柏林
不是柏林

2020年5月10日

知更鸟

我失去你
在这个清晨,露珠滚成你的眼睛
我捡发黑的羽毛、烧焦的石头
我修补扇子,抓星星的残光
他们都是你的一部分
我更换头发的色泽
并往干裂的脚抹油
召唤万有引力之虹
引入圆镜中
我梳妆
我换上新衣
在深夜唱一首老歌:
等我长大,等我长大,苹果掉地
一个顶着草帽的男人,从土里冒出来
装成我的新郎

2020年5月10日

第二部分

Part II

这天非常潮湿。

运 河

没有人,半个人也没有
好几公里阳光直线铺下来
两只青鹤穿过
栖息在旧驳船船顶
郁金香和风信子枯萎
拒绝和含苞的玫瑰交谈
空气中没有你沉稳的脚步
你在哪里?

我看河面自己的倒影
我还是原来的我
这些年,这些年
我都干了什么?

在伦敦城中心穿来穿去的运河
连丝儿风也没有
我可跳入河里,找些从前的涟漪
捞出从前的照片?
没用。我还是对空气说说你吧

你风度翩翩,可安然无恙?
怎么到今天才发现
几十年一晃就不见了

2020年5月10日

黑　猫

鱼跃出一个弯度
不断吸收新鲜的爱情

鱼嘴里长出树叶
封住你的眼睛
同一个弯度
同一个黑夜
替换另一个可能性
倒影的倒影，水波的水波
解除一件件衣服
鱼雌雄同体，只对仇人
闪动美丽的翅膀
打开身体

2020年5月11日

风景的中心

掌声在每周四准时响起
封航之后,东西半球被隔开
满树的花飘满道路
下面躲藏着一个个死神

安全屋里
好多蓝苹果,悬起我的孩子
每天做一个蛋糕,浪费面粉
浪费时间和蒲公英花球
盘腿呼吸
这样的日子终会过去
我会踏上回家之途
哦,大海,我是不死鸟

2020年5月11日

烧焦的信，灰烬在熟悉的石阶上飘移。

东线西线

在同一条线上扩展一条路
黑衣人站在那儿
绕开他，再扩展一条路
加一个分岔
再加一条线，充满爱
三线自由并行或交叉
虎漫步经过
狼在对面山头嚎叫
黑衣人呢，他来回走着
不知所措

2020年5月20日

杀 手

马路上行驶轮船
狮子停在人行道上流泪
空中掉下带钩子的线
抓着我
上升,上升,轮船鸣笛
不错,一切如故
一百年前我经过这儿
被你一箭射中

2020年5月23日

桥梁与河流

一幢房子消失
在雨水之中
忍受石头和结构的残缺
一架最诡异的云梯
通向这个夏天的庇护所
作为证据
改变一本书的封面
我知道写不了这个故事
这个故事注定有另一个结局

     2020年6月15日

莫非相遇是罪过，镀了一层鸟飞着的影子。

碎　冰

我的名字虹
发出声音
在冰面三尺之下听见
很久你不和我面对面

三尺之上是我的魂，我
已迷失太久
我四处游荡，没有归宿

冰里有乌鸦的身影
与人影纠缠在一起

冰里有幢灰楼
可以反射出岸上的倒影
那么多孤独的鱼停在窗前

冰上有脚步，那么杂乱
匆忙，带着惊慌
那些树枝，那些泥土

冰里的爱情是冰
除非你把我的名字虹
从我的身体里清除

2020年10月1日

猫对鱼说

雪马上降临
转眼快一年,森林之中
无家可归的鱼停在这儿
不断吐水泡
湿润一个人枯干的手

层层叠叠的树根在生长,花朵
张开蕊,吸收我爱你的理智和水分

     2020年10月2日

信 仰
——给KL

我的信仰红宝石般闪耀

在夜里胜过一个男人

我凝望满天星辰

白天它们变成树叶

激动得战栗,垂直落下

如我在母亲胎中最初的梦

痴狂并不停止

2020年10月7日

1962年，你在哪里？

住在这儿多久？一个伦敦的房间，在披头士的隔壁。

风可以捉住

遗失了一只耳朵
有什么关系
因为风可以让它
继续生长
改变你的心跳

加快节奏，真好！
我以前没有眼睛
我只能倾听
你在走路，走得比风快
太阳把你的身影晃动
我很想告诉你一句话

剔除墓地的杂草
坐下读一首给自己的诗
你随着风　我随着自己，生活
还在进行
一江水仍是闪耀着蓝光

我走过去,踏着波浪

和风一起振荡

一江水仍是闪耀着蓝光

2020年10月7日

整个夜里，我彷徨，发现花里流出一条河。

这年在伦敦
——给XL

都是跟你无关的事,一些小小的花朵
一些小小的鸟停在窗台
一些小小的沙从手指缝滑过
一些小小的露珠闪耀着光芒
没有激情的火焰
没有仇恨的风暴
夜色就是夜色
悲剧不再是悲剧

好像你知道一二
那年那张脸,消失已久
偶然又在月夜浮现
我夹在书中枯干的蓝靛花复活
我的知更鸟羽毛
飘飞在长江之上,沙粒
再次融合沙粒
我在清晨采集的露水
我倚窗的半圆桌子吱嘎声
居然定格下来,一切残缺不堪

夜色中有大片乌云
一只黄色的狗朝我们走来
悲剧中心此时是平静

    2020年11月24日

圣约翰林公园街

剖腹自尽是三岛由纪夫
跳下塞纳河是保罗·策兰
茨维塔耶娃把脖颈交给绳子
我活,我必须活
直到四肢轻如纸片
在你们面前的天空飘来飘去

我乖巧不信命
用诗歌谈天说地
吃了几十年的药,终于放弃
在伦敦,用一个烫衣板写作
架构可能或不可能的世界
竭力移来室外一束霞光
给树叶一味的黄,添加亮点
时间如此坠落
跳跃的树叶才拥有力量
一个清洁工在这天早上
将它们清除
等等,我走近,走近

第二天又有落叶

第三天,落叶依旧

组成一排文字:我们来自另一个世界

    2020年11月25日

歪斜的脚步，通向一座废墟的教堂。

徘徊泰晤士河

你是一道庞大笔直的倒影
对我,却是毁灭的烟囱
眼睛微闭,学会沉寂
之后折叠沉寂
我们和老虎关在一起
清冷的月亮当空
他活,需要金子
我活,只需要一滴长江水珠

2020年11月26日

又是记忆,又是黄金和风声。

结　果

我重复地说，乌鸦和我是真的
醒来看到，我只是家具
甚至只是一条镶嵌在伦敦上空的虹鳟鱼

2020年圣诞前夜

在瑟珀的书房画画写作，像有道虹之万有引力。

离开中国前,看窗外下雪的北京。

也算后记：这一年

2020年2月5日

瑟珀两岁半时的盛夏，我们从意大利常年积雪的山顶家里开车下山，我和她父亲谈论艺术和生命。她坐在后车座上，突然说："When the mountain dies, I die.（山死，我才死。）"

我吓了一跳，久久没有说话。

这些天疫情严重，冒着危险，奔走在重庆、香港和北京，为了得到签证。每个地方都没有与朋友在一起，甚至没告诉朋友，我到了他/她的城市。

在香港停留时间较长，这儿的海水很蓝，让我想起有一次乘飞机降落这儿，舷窗上全是雨水，看不到外面。居然安全，居然不害怕。

同日

曾经走过好多岛屿，都不曾写过它们。

而在这个岛屿，诗，自己排成词语。我一身黑衣，黑色永远适合我，我走向街边一个孩子，他跌倒了。我朝他伸出手了。他站了起来。

这条街，一天里，我来回走了好多遍，第一遍，我忘掉钥匙。

第二遍，我忘掉了包，第三遍，我忘掉手机。还有我为了拍照片，来回拍，只是把各种可能性拍下。六公里有了吧。

同日

每日读新闻关心武汉疫情现状，马上是春天了，希望尽快结束，武汉的樱花将要盛开。我的小说《K—英国情人》写的是20世纪30年代武汉最繁华的时候。

我想告诉英国诗人朱利安·贝尔：希望有一天我带你去武汉。看看武汉，和我的故乡重庆两江三岸哪些像，哪些不像。

2020年2月6日

记得有一次带瑟珀去重庆,她听着重庆话,坐在二姨家吃饭,不会用筷子,大家接二连三笑她。

她哭了,说要回中国。重庆的方言,让她认为这是另一个国家。大家又大笑。

她一开始并不喜欢重庆,是慢慢喜欢重庆的,如同慢慢喜欢辣椒,现在无辣不欢。

我想写好几个人,好几种命运。很惶恐,他们跟重庆相关,跟长江有关,跟嘉陵江有关。

同日

若不是有你,我想我早走了。这个世界对我一直是那么拒绝的。

我希望你对付它比我有经验,有勇气。

我们住在这儿，自我隔离。

同日

每个人读诗,读出不同的意义。

每次谈论我的父母,我都会伤心。六号老院子没有了,而重庆南山他们的坟前,有他们的照片。每次站在那儿,希望照片上的人能复活。那条上山的路好熟,成了回家看父母的路。

从那儿可看到长江水,好多船拉响汽笛。母亲走的第二年,女儿来到我的身边。只要带她回重庆,便带她上山。从小听我讲外公外婆,她爱他们。

2020年2月23日

很少梦见我父亲,安静如生前,从未想过成为一家人的中心。若是他在,你感觉不到他的存在。

这诗中的父亲是生父和养父,可惜你都没能见到。

我们从中国来到英国,一路辛苦,到达切尔腾纳姆(女儿读书的地方),进入订的家庭酒店,可以做饭,客厅面对一个满是松树的山丘,很有日式庭园风格,尤其是远离中国,面对这有东方风格的景致,心里感慨不已。与女儿近了,没有比这个更好的。好多话想给她说,也想给她做可口的饭。

同日

穿过三条街，十二分钟的路程，就是女儿的宿舍。

英国疫情严重，通电话，她一切如常，感觉她是安全的，我的心也感到安全。

记得为她写下这样的文字：我要使你幸福、快活，像你天性一样无忧无虑，爱人、爱自由。你凝视天空，天空就飞满会唱歌的鸟；你凝视河流，河流就游满会跳舞的鱼；你凝视人，人就会无缘无故地追随你。

我和你隔着只有时间和水才能穿过的距离，我要你记住，永远记住，你是我在现实与想象中，最让我动心又情愿用一切去换取的人。只要你能真正快乐！

同日

都过去了，可还是会想起来。

今天没有戴口罩，走路去超市，购了一束黄玫瑰回来。可惜你闻不到花香。

同日

一抬头,发现落地窗外左侧右侧都是静寂的松,好美!仿佛又到了日本。你出生后,几乎每年我都带你去。你心中最喜欢的国家会是意大利、日本和中国。你的血统占四分之一的英国地图。

爱情是什么?

在此时,我想说,是呼吸,没这个人,你便活不下去。你不喜欢英国吗?

2020年2月28日

伦敦是一个伤心地,在此有那么多成功、荣耀、痛苦。一靠近伦敦,就陷入受伤状态。

你进入我生命,这回,是否给我带来新的伦敦?

两年前,不,三年前,小小的你,抱着一束新鲜的向日葵,经过滑铁卢桥,要去看一个才出生的孩子。我看到你大步流星,目光发亮,向前走,什么也不顾。这个气势,一下子抓着我的心。而远处是我命中的伦敦桥,仿佛有好多回忆涌了出来。泰晤士河水,却在静静地流淌。

同日

在切尔腾纳姆，每天关心北京的疫情，没有减轻。

想回北京。

2020年3月6日

在英国伦敦留学的人都记得这家汪记餐馆。今天来，距最后一次来，却是二十年了。

没有什么人，服务员戴着口罩接待。整个唐人街，人不少，但餐馆的客人不多。

搬到城中心朋友的房子住了一段时间。

2020年3月27日

因为疫情严重，英国学校关了，去车站接女儿。车厢里没有她的身影，我慌了。一打电话，原来她被朋友在切尔腾火车站送错火车，去了相反方向，可看见海。来回打电话，火车服务好，有工作人员协助她上了对的火车，到深夜才接着她。她戴着口罩和手套。

2020年3月29日

每天看窗外公共汽车，里面乘客不多。伦敦的疫情一天比一天严重。今天我搬到新住址，在泰晤士河南边一个公园边上。

去火车站接女儿。

2020年4月5日

同一天写了三首诗,每日都去附近的公园走一个小时的路,见到好多陌生人,有小女孩坐在草地上读书。每个人都保持着距离。

2020年4月6日

我姐姐告诉我说,摄政公园有女王的玫瑰园,好多名贵玫瑰不多见,每年她都会和朋友来观赏。今年不能来了。我们将搬到那儿。玫瑰对我而言是爱情,一切以它的名字说出,便有了意义。

2020年4月6日

梦到我们的冰箱空荡荡,超市也是,整个人饥饿不堪,走在路上,没有吃的。

2020年4月11日

又做了一个噩梦,江中全是人头在浮动。死了这么多人。那是幼年,过江轮船翻了,事隔几十年,还是在记忆里。

天天去附近公园走路。因为疫情，酒吧开始不营业。

这儿离女王的白金汉宫很近。

同日

每天大晴,不冷不热。也许这一次,我会喜欢伦敦。曾经的伦敦,我必须让它只留下美好的记忆。

同日

如果我回不了北京,那又怎么样?写作,创造故事。母亲是错了,让我成为一个厨师。讲一个故事,也可以是一把利刃,一个好厨师,也只能是厨师,很难把食物当武器。

2020年4月14日

罗宾先生一直在坚持,最后因为新冠肺炎,走了。去年,我们去看他,他给我们看与中国相关的家具照片和瓷器。他是一个爵爷,生前与中国有很深的渊源,也充满感情。

2020年4月16日

看远看到泰晤士河,那伦敦眼。那乌云下的大大小小的房屋,从未想过,我会在伦敦待这么长的时间,自2000年搬回北京后。

看近看到开着花朵的树,伦敦以从来不曾遇到的大太阳天对待我。

罗宾先生走了。2019年去他家看望。

搬到克拉潘公地，天天去那里走路。

女儿在学习。

我们仨。

2020年4月17日
现在需要一颗坚强的心。
读书做不到，回忆一个坚强的母亲，也许可以做到一些。

同日
每次去超市购食物都排队，人们戴着口罩。这天坐双层巴士去一个中东食品店，不排队，什么都有，最好的奶酪、橄榄、杧果和中国的白萝卜。这儿离好友KD的家只有三分钟，我没敢去敲她的门。我们隔离。

食品店只容许二三人进，餐馆可快递。　　　　　天天给女儿做美食。

女儿的学校关门，天天在家，给她布置中文课，她做的作业。

同日

我的小小姑娘，你生下时是六指，后被大夫系上线，多出的一个手指缺血，就像花蕾枯萎了，掉在什么地方，没有找到。传说是天上王母娘娘把它们收了。好神秘。

我同意成为一个沉默者　让芳香浪费在空气里　任阴影吞没一个个城市　滋养锋利的荆棘　编成我们头顶的桂冠　真理是一把刀　切开内心的中间地带。

在兰巴斯的四十二天，我把住所的两个桌子让你们用，我用烫衣板写作。

我的书桌不安稳，我才写作。

2020年4月18日

认识KD三十多年了，从未间断过。她住在附近，走前却遵从隔离政策没见面。将离开这儿，因你在此，之前这世界不同，之后这世界也不同。

2020年4月22日

我们搬到了泰晤士以北,在摄政公园边上。一个朋友到乡下房子去,让我们搬入他的家,说在这儿居住会舒服一些。果然,我们昨日叫了车,三十五分钟到达,是一个位于七层楼的公寓,落地窗面对整个伦敦城,三个人都喜爱这个布置讲究带风景的房子。这条街就是1969年披头士录最后一首歌的Abbey Road,那海报之后被很多人效仿。

没有爱情不可以,没有书也不可以,非常想念北京,回不去,痛不欲生。困兽啊困兽。

搬家到泰晤士河北岸，给女儿拍照，餐馆关门，我为她做日式意式料理。

2020年4月25日

天天看房间墙上伟大画家Pires Williams的画,他是先生的亲弟弟。以前看他的画,喜爱,但没看到他画的宗教故事的画,这次真让我佩服得五体投地。看他的画,我的心便变得宁静。昨天登上Primrose Hill,也有不少人出来,这儿可看泰晤士河、伦敦眼,看圣保罗教堂和BT大楼等。

先生的弟弟皮尔·威廉姆斯的画。

2020年4月27日

我们走到摄政公园,花了三十分钟,在里面走了三十分钟,又花了三十分钟回家。但是错过了公园里面玛丽女王的玫瑰花园。

我去邮局,发现邮局排长队,是很多人给家里寄吃的。剪掉汽泡水瓶上端,做日式泡菜,用醋、糖、盐,也另加杜松子酒和花椒,头天做第二天可吃,方便简单,爽口清淡,香脆可口,任何人可做。今天放黄瓜腌。

2020年4月30日

摄政公园的运河不少人在走路,在划船。像以前,三十年前。

每天去摄政公园走路。也在那里野餐，见KD和KL等朋友。

2020年5月7日

与你谈音乐，我们同龄，同属虎，感受同又不同，爱一首歌曲，有时不会走绝路，我已经听这首歌三个月，陷入其中，我进入制造的1970年代的重庆，一个少年，为了保护护士姐姐不受欺凌，与当地混混头子对抗。

2020年5月8日

他在2月寒冷、疫情严重的北京，穿过庞大的北京，给我送来口罩。我们隔着栏杆，没有说话，恍若隔世。

考文特花园还是游客不断。

夏天去苏格兰高地钓鱼,龙虾刺身沙拉、日本温泉鸡蛋意面。

2020年5月10日

你就像星星一样在我心里。还有你的壮壮,好几年前离开柏林的那一晚,守在我床前一夜。后来壮壮走了,你写了一本书,记录动物们的生命。

同日

受伤的心,写诗。如此坚硬,还能继续受伤?

同日

为了一个目的,回家。

2020年5月20日

全是玫瑰,今天的玫瑰,我看出窗外,整个伦敦尽收眼底,想在东半球那个三线是什么?

2020年5月23日

指甲里有记忆,今天清理一个人,再清理第二个的记忆。外面风和日丽,不像伦敦。

2020年7月6日

意大利电影作曲大师埃尼奥·莫里康内（Ennio Morricone）去世。《镖客三部曲》《天堂电影院》和《美国往事》等，他的音乐陪伴我。有意思的是，2009年我在新浪博客上写了一篇在人民大会堂听他在中国首次音乐会的文章后，收到他托经纪人写来的信，感谢我，这样开始了联系，《上海王》电影他有兴趣做音乐，却因别的原因未成。他的儿子才华出众，继承他的风格，也许未来会与他合作，以完成未竟之梦！

2020年8月3日

从伦敦飞到罗马。到达是深夜。我们住在机场的酒店,走路仅仅几分钟。

第二天上午去机场取走行李。好几年没有回来了。车子一路驶过,好多伞松。罗马还是一样的罗马,这次没有停留,直接经过它,回到福祈。

2020年8月13日

从伦敦回到意大利家中这些天，完全是T. S. 艾略特的《荒原》里的心境。四年前意大利中部地震，这个位于中东部的福祈市虽在震区外围，有些房子还是被破坏。我家情况最轻，墙有裂口，主要是屋顶古老的壁画震坏了，负责修复工作的专家，又在主墙穿过钢钎加固房子，工作持续三年。

之前管理我家的人雇了当地两人清扫了四十个小时，本以为可以住了。可我打开家门，发现到处仍是脏的，有近百个纸箱需要拆开，于是没办法只能做了一名劳工：清洗窗帘、地毯、床单和沙发等，移动家具，放回几千册书，修理家具，重装，墙上钉画，裱画，从亚马逊意大利网站购工具。清理箱子时，发现好多旧的手稿，其中有长篇《上海之死》小说打印稿，有一部分直接手写，还有导演朋友尹力给的建议。书出版前，好多朋友给了意见，去年娄烨拍了电影。在此要谢尹导，还有好多朋友的帮忙。

回到意大利福祈家。

2020年8月18日

每天从早到晚做劳工，一直到昨天，基本上做完一个大房子几层的修复整理、清洁清洗，搬运家具，上高梯挂窗帘和打钻钉画工作。小助理是瑟珀。先生腿受伤进医院，做了个手术，今天出院。用好友们给我的明信片组成一幅画，挂在卫生间。

2020年8月21日

这儿地处意大利国家公园边上，被称为意大利的秘密花园，产松露和火腿，附近有十五个左右著名的葡萄酒庄。从家里看出的风景，橄榄树和向日葵成片的丘陵此起彼伏，远处可看见海平线，开车三十分钟左右到海边。到这儿第二天，花园边有幢废墟似的老房是手工烤比萨坊修复了，当地人庆贺，市长剪彩，选在我家花园做活动。他们戴口罩，说灾难（四年前的那场地震，这年的新冠病毒）会被我们战胜，我们的意志不可摧毁。

2020年9月3日

填了不少表格，因为新冠。辛苦地回到伦敦。相比意大利的家，这儿的一切都是外人。不过第一次发现伦敦很美。

2020年9月21日

今天是我生日。女儿回了学校。昨天专门乘火车去看她,她脚摔伤了,打了夹板穿专门的鞋。见到我们,她好高兴。当天我们乘火车回到伦敦。

专程前往位于英格兰南部小城索尔兹伯里(Salisbury)英国前首相希思故居。亚当的好友皮特·贝特先生也是希思基金会的主席,他开车,除亚当、我外,还有好友KL,一共四个人。两个小时车程不到,就到美丽的小城,本来阴霾的天气,转而阳光普照。他的故居背靠埃文河,曾属于著名的索尔兹伯里大教堂,后希思购买下来。

希思一生喜爱古典音乐,曾将一台施坦威三角钢琴搬到首相府唐宁街10号。1970年到1974年,他成了世界最为著名的业余指挥家,指挥过伦敦交响乐团、柏林爱乐乐团(卡拉扬亲自邀请)、芝加哥交响乐团、费城管弦乐团与克利夫兰管弦乐团等,还出过密纹唱片。与他合作过的音乐家有梅纽因、斯特恩、克尔钟(Clifford Curzon)。故居里收藏大量的音乐唱片,大量的书籍和画,其中有两幅丘吉尔的画,极为珍贵,在他的客厅里,放着毛主席赠送的两个古老的青花瓷瓶。

希思一生写过三本与政治无关的书,关于航海、音乐和旅游。他还有一本自传,名为《我生命的历程》(*The Course of My Life*)。

坐在他的书房写字桌边,拿起他的电话,心中充满感慨,他说过一句话"温柔胜过暴力",一直是我内心的灯。面对他的一生,想自己的生命,哪些值得,哪些虚度,哪些受挫,哪些人喜欢我,哪些人污毁我,接下来的岁月,何去何从,我想我仍有勇气,还是要不顾一切向前。

房子对面有索尔兹伯里大教堂，是中世纪最高最好的哥特式建筑，有精美的石雕墙面，在13世纪用了三十八年建成，教堂内展有四部《英国大宪章》中原稿的一部。据说这是离天堂最近的教堂，在此祈愿祷告，极其灵验。

有些电影用了这教堂的外景。附近有不少博物馆和美味的餐馆。这儿还有举世闻名的"英国巨石阵"（Stonehenge），好莱坞电影《苔丝》结尾在此拍摄。十九年前第一次到英国，曾因为这电影，专门来此。

生日这天去希思首相的故居，坐在他的沙发上拍照。

2020年11月27日

这又是一个阴暗的天,窗外梧桐树掉完叶子,伦敦进入冬天。

电脑里的音乐依旧,是专门收集的,在重复地放着。真希望生活可以这样继续。

2020年12月30日

这几天将写了一年的诗歌重新看了一遍,没想到,一年都度完了。2020年,对每个人都是考验。第一次在英国有圣诞树,以前在英国过圣诞节,家里什么也没有,不过常常跟家人去附近的教堂唱圣歌。今年没法去教堂,因为远近的教堂都因疫情而关门。

因为隔离政策，三个人过圣诞节。

2